Les souvenirs d'une autre

Harmonie J.

© 2025 Harmonie J.
Édition : BoD · Books on Demand,
31 avenue Saint-Rémy, 57600 Forbach,
bod@bod.fr
Impression : Libri Plureos GmbH,
Friedensallee 273, 22763 Hamburg
(Allemagne)
ISBN : 978-2-3225-9539-6
Dépôt légal : Avril 2025

Chapitre 1 - Sonia et le souffle du vent

Chapitre 2 - L'écho des silences

Chapitre 3 - Les visiteurs

Chapitre 4 - Ce qui dort en moi

Chapitre 5 - Les fragments de la vérité

Chapitre 6 - Les ombres sous la planche

Chapitre 7 - Le retour de l'ombre

Chapitre 8 - L'homme aux yeux noirs

Chapitre 9 - Ce que Marguerite a fait

Chapitre 10 - Le pacte brisé

Chapitre 11 - La part sombre

Chapitre 12 - La clef et le chemin

Chapitre 13 - Lutte intérieure

Chapitre 14 - Le retour

Chapitre 15 - L'ouverture

Chapitre 1 : Sonia et le souffle du vent

Sonia avait 39 ans. Elle vivait seule dans une petite maison au bord de la forêt, avec pour seule compagnie Jack, un labrador au pelage doré qui la suivait partout, comme une ombre fidèle. La solitude ne lui pesait pas vraiment. Ce qui la hantait, c'était la mort. Pas celle des autres, non... la sienne. Sa propre fin, cette ligne d'arrivée floue et inévitable, l'empêchait de dormir. Chaque battement de cœur trop fort, chaque douleur dans sa poitrine, chaque rêve étrange devenait un avertissement silencieux.

Elle ne parlait de sa peur à personne. Elle la cachait derrière un humour sec et une routine millimétrée : café noir à 7h03, promenade avec Jack à 7h40, travail en freelance dans l'édition jusqu'à 17h00, soupe de légumes maison à 19h00. Et chaque soir, en éteignant la lumière, elle murmurait à Jack :
— Et si je ne me réveillais pas ?

Un soir d'automne, alors que le vent s'était levé plus tôt que d'habitude, Sonia entendit un sifflement étrange dans les arbres. Jack se figea. Il grogna doucement. Quelque chose se passait.

À partir de ce moment-là, des événements étranges commencèrent à ponctuer ses journées. Des rêves où elle voyait une vieille femme lui tendre la main en lui disant : "Ce n'est pas la fin, c'est un retour." Des objets déplacés dans la maison. Des montres arrêtées à 3h33.

Alors, Sonia comprit qu'elle ne pouvait plus fuir. Il lui faudrait affronter sa peur. Non pas pour vaincre la mort, mais pour apprendre à vivre avec elle.

Chapitre 2 : L'écho des silences

Le matin suivant, Sonia se réveilla en sursaut. Son cœur battait à tout rompre. Jack était déjà debout, les oreilles dressées, fixant la porte d'entrée. La lumière était étrange dans la chambre, comme filtrée à travers un voile de brume invisible.

Elle se leva, se passa de l'eau froide sur le visage, mais ce malaise restait. Comme si quelque chose s'était installé en elle. Une conscience. Un pressentiment.

Ce jour-là, elle reçut un mail inattendu. Une maison d'édition avec qui elle n'avait pas travaillé depuis des années lui proposait un nouveau projet : réécrire un vieux journal intime retrouvé dans un grenier du sud-ouest de la France. Le nom de la femme lui donna un frisson : Marguerite D.

Elle accepta, par curiosité. Mais en lisant les premières pages du journal, une phrase l'arrêta net :
"Depuis que j'ai vu cette silhouette dans le miroir, je

sais que la mort n'est pas ce qu'on croit."

Sonia sentit son sang se glacer. Elle avait écrit cette phrase, mot pour mot, dans son propre carnet, trois mois plus tôt, après un rêve étrange qu'elle avait depuis oublié.

Elle prit Jack en laisse et sortit marcher, tentant de calmer les battements de son cœur. Mais la forêt ce jour-là n'était pas accueillante. Le vent portait des murmures. Elle crut entendre son prénom soufflé dans les feuillages. Jack, lui, restait silencieux, les yeux fixés sur un point invisible entre les arbres.

Sonia s'arrêta, ferma les yeux, respira profondément.
— Je ne veux pas mourir. Pas encore. J'ai trop peur.

Et une voix, douce et ancienne, sembla lui répondre, tout droit sortie du vent :
"Alors commence à vivre."

Chapitre 3 : Les Visiteurs

La nuit tomba plus vite que d'habitude. Un silence pesant s'était installé dans la maison, si épais qu'on aurait pu le découper au couteau. Sonia tenta de lire, mais les mots dansaient sur la page. Jack n'était pas dans son panier. Elle le trouva assis devant le miroir du couloir, immobile, le regard fixé sur son propre reflet.

— Jack ? Qu'est-ce que tu fais ? Viens.

Il ne bougea pas.

Sonia s'approcha lentement. Et là, son cœur s'arrêta.

Dans le miroir... ce n'était pas elle. Pas vraiment. C'était son visage, mais plus vieux. Plus pâle. Les yeux cernés d'ombres profondes. Et derrière cette version d'elle-même, une silhouette floue, comme une ombre d'enfant, se tenait là, à moitié visible, les mains posées contre la glace.

Sonia recula brusquement. Jack gémit et sortit du couloir comme s'il fuyait quelque chose. Sonia referma la porte du miroir à double tour.

Cette nuit-là, elle ne dormit pas.

Elle commença à voir des choses. Des ombres au coin des pièces. Des voix dans les tuyaux. Un nom murmuré à travers la radio qui s'allumait toute seule à 3h33 : "Marguerite."

Le journal intime, celui qu'elle devait réécrire, se transforma en labyrinthe. Les mots y changeaient d'un jour

à l'autre. Certaines pages semblaient neuves, d'autres tachées d'encre et de larmes. Et parfois, au milieu de lignes banales, apparaissaient des phrases directement adressées à elle :
"Sonia, arrête de fuir."
"Tu as vu ce que tu devais voir."
"La mort veut juste te parler."

Elle tenta de fuir, de sortir de la maison, mais la voiture ne démarrait plus. La batterie était morte, et même son téléphone affichait "aucun signal". Le monde semblait se refermer autour d'elle, comme si quelque chose – ou quelqu'un – voulait qu'elle reste.

Et cette nuit-là, elle rêva de Marguerite pour la première fois.

Elle était là, debout au bord d'un lac noir, vêtue d'une robe blanche tachée de cendres. Elle tendit la main vers Sonia.

— Tu as peur parce que tu as oublié qui tu es. Mais je peux t'aider à te souvenir.

Chapitre 4 : Ce qui dort en moi

Sonia se réveilla avec un goût de cendre sur la langue. Jack n'était plus là.

— Jack ? JACK !

Pas un bruit. Pas un aboiement. La maison semblait vide. Trop vide. Comme si l'espace lui-même retenait son souffle.

En descendant les escaliers, elle aperçut la porte du jardin grande ouverte. Et là, dans l'herbe trempée de rosée, des empreintes de pas. Pas de Jack. Des pas humains. Nus. Et… minuscules.

Elle les suivit. Jusqu'à la vieille remise, au fond du jardin. Une cabane qu'elle n'avait jamais osé ouvrir depuis qu'elle avait emménagé. Quelque chose l'en empêchait. Une sensation viscérale.

Mais cette fois, la porte était entrebâillée. Et sur le bois, gravé à même le bois vermoulu : "Marguerite."

Elle entra.

Dans l'ombre, elle retrouva Jack, recroquevillé, tremblant, les yeux brillants d'un éclat étrange. Et derrière lui, suspendu au plafond par une corde rongée par le temps... un portrait. Un tableau ancien. Une femme rousse, à la peau diaphane, le regard perçant.

Sonia se figea.

C'était elle. Ce visage... c'était le sien.

Elle recula, le souffle court. Une vague de souvenirs l'assaillit, comme une mémoire qu'on réveillerait brutalement. Une chambre aux bougies, des robes d'un autre temps, un nom prononcé en boucle : Marguerite Delcour.
Son nom, dans une autre vie.

Elle était Marguerite. Ou plutôt… elle l'avait été.

Les visions, les rêves, les mots du journal… tout se recollait. Une vie passée, arrachée trop tôt. Une promesse faite sur son lit de mort. Et une peur qui l'avait suivie, vie après vie, comme une malédiction.

Marguerite était revenue pour lui rappeler cette promesse.

Et dans un murmure glacial, venu de nulle part, Sonia entendit :
— Tu m'as abandonnée. Maintenant, tu dois te souvenir... jusqu'au bout.

Chapitre 5 : Les Fragments de la Vérité

Les jours suivants, Sonia vivait comme dans un brouillard. Ses pas étaient lents, comme si elle marchait sur un sol incertain, incognito, toujours à la recherche de quelque chose sans savoir ce que c'était.

Les souvenirs de Marguerite se faisaient de plus en plus insistants, se glissant dans ses pensées sans crier gare, s'immisçant dans chaque conversation, chaque geste quotidien. Elle se retrouvait à regarder son reflet dans le miroir, et par moments, il lui semblait que ce n'était plus elle qui la regardait, mais une autre. Cette femme rousse aux yeux perçants, au visage marqué par la souffrance et le temps.

Une nuit, elle se réveilla en sursaut, comme si une main invisible l'avait tirée hors de son sommeil. Le vent hurlait dehors, frappant les fenêtres avec une violence presque humaine. Dans l'obscurité, elle entendit un chuchotement, presque inaudible, venant de la pièce voisine.

"Viens, Sonia. Il est temps. Viens comprendre."

Elle se leva d'un bond, le cœur battant. Jack, qui était à ses pieds, se leva également, ses poils dressés, comme s'il sentait quelque chose d'invisible dans l'air. Mais Sonia hésita. Où l'appelait-on ? Et qui l'appelait réellement ?

Elle n'osait pas se rendre dans la remise de peur de retrouver encore ce tableau, ce portrait d'elle-même. Elle se dirigea alors vers le vieux grenier. L'espace étouffant, envahi de poussière et de vieilles affaires. Là, au fond, sur une table couverte de toiles d'araignée, elle trouva un ancien livre relié de cuir, qu'elle n'avait jamais vu auparavant. L'odeur du papier ancien l'envahit dès qu'elle toucha le livre. C'était une sensation étrange, familière, comme si elle le connaissait depuis toujours.

Les premières pages étaient couvertes d'écritures serrées, mais déchiffrables. Il s'agissait d'un journal, écrit de la main de Marguerite Delcour.

Sonia se força à lire, les yeux flous, la respiration haletante.
"Je me souviens de la nuit où j'ai pris ma décision. La vie et la mort s'entrelacent, et pourtant, c'est l'oubli qui nous vole le plus."

Elle tourna la page. Une nouvelle phrase, plus inquiétante :
"Sonia, tu t'es réincarnée pour une raison. Tu n'as pas fini ce que nous avons

commencé. La fin de cette vie marquera le début de la suivante. Mais tu dois d'abord comprendre… qui nous sommes vraiment."

Elle s'arrêta net. La pièce sembla se refermer autour d'elle. Le vent dans les arbres n'était plus un bruit naturel, mais une plainte profonde, presque humaine. Elle sentit une présence derrière elle, mais lorsqu'elle se retourna, il n'y avait rien. Juste l'obscurité.

Les frontières entre le monde des vivants et celui des

esprits se faisaient de plus en plus floues. Sonia n'était plus sûre de ce qu'elle voyait, de ce qu'elle vivait. Était-ce la réalité ? Ou était-elle en train de sombrer dans la folie ? Ces fragments de souvenirs, cette sensation qu'elle avait déjà vécu tout cela… Elle n'avait aucune réponse.

Elle tourna encore une page. Mais cette fois, les mots ne parlaient plus de Marguerite. Ils parlaient d'elle, de Sonia, par son nom, comme si le livre était une extension d'elle-même.

"Si tu veux comprendre, regarde sous la planche. Là où tout a commencé."

Chapitre 6 : Les Ombres sous la Planche

Sonia hésita un moment, le livre entre ses mains, avant de se résoudre à suivre la dernière instruction. La planche. Où tout avait commencé. Elle se sentait attirée, comme poussée par une force invisible, irrésistible.

Elle se leva, le cœur battant, et s'agenouilla près de l'ancienne table de travail dans le grenier. Elle posa la main sur une planche du sol, plus usée que les autres, et sentit immédiatement une étrange vibration sous ses doigts. C'était comme si la maison elle-même retenait son souffle, attendant une action précise, une réaction. Elle souleva doucement la planche, grattant le bois pour la déloger. Au bout de quelques minutes, elle parvint à la retirer.

En dessous, un petit compartiment caché. Il était vide, mais une inscription y était gravée, si petite et si fine qu'elle l'avait à peine remarquée.

"Tout ce qui est enterré reviendra un jour à la surface."

Elle frissonna. Quelque chose en elle frémissait, comme un écho, une résonance. Ce n'était pas une simple phrase. C'était un avertissement.

Elle s'assit en silence, la lumière tremblante d'une bougie éclairant les mots gravés. Que signifiait cette phrase ? Pourquoi était-elle gravée ici, sous cette planche ? Et pourquoi, soudainement, Sonia avait-elle l'impression que chaque mot était dirigé directement vers elle, comme si sa propre existence se trouvait inscrite dans cette maison ?

À ce moment-là, un cri de Jack la fit sursauter. Il venait de l'étage. Sonia se précipita dans l'escalier, haletante. Les pieds de Jack martelaient le sol avec une urgence qu'elle n'avait jamais entendue auparavant. Il se tenait dans le hall, face à un miroir, le regard fixé sur quelque chose derrière lui. Mais il n'y avait rien. Rien qu'un vide.

— Jack, viens !

Mais le chien ne bougeait pas. Ses yeux étaient fixés sur un point invisible, terrifiés, comme s'il voyait quelque chose que Sonia ne pouvait pas percevoir. Puis, dans un éclat de lumière, un visage se refléta dans le miroir. Celui de Marguerite. Une silhouette floue, d'abord indiscernable, puis de plus en plus nette. Son regard était froid, impitoyable.

La pièce sembla se resserrer autour de Sonia, l'air

devenant lourd, oppressant. Marguerite avait une expression grave, presque triste. Comme si elle attendait quelque chose de Sonia, mais qu'elle n'était pas prête à le lui dire.

Sonia se précipita vers le miroir pour l'éteindre, mais la lumière vacilla une seconde, puis s'éteignit d'un coup sec. Le silence s'abattit, lourd et sourd.

Puis la voix, cette voix qu'elle avait entendue dans ses rêves, résonna dans sa tête, plus claire que jamais.

"Tu as peur, Sonia. Mais tout ce que tu cherches est déjà en toi. Ce que tu as oublié, tu dois le retrouver. Avant qu'il ne soit trop tard."

Elle se retrouva à genoux sur le sol, épuisée, l'esprit en tourmente. Et là, dans l'obscurité, une sensation étrange monta en elle. Le sentiment que son corps n'était plus le sien, qu'il y avait quelque chose de plus grand, de plus ancien, qui s'éveillait. Elle se souvint de la vieille promesse de Marguerite. Mais que signifiait "avant qu'il ne soit trop tard" ?

Les murs de la maison semblaient se rapprocher. Tout devenait flou, indiscernable. Ses pensées se bousculaient. Était-elle en train de sombrer dans la folie ? Ou était-ce une réminiscence de son passé, un souvenir trop lourd à porter ?

Chapitre 7 : Le Retour de l'Ombre

Le lendemain matin, Sonia se réveilla en sursaut. Le rêve – ou était-ce réel ? – semblait l'avoir laissée tremblante, comme si elle venait de sortir d'un gouffre. Le monde autour d'elle était calme, trop calme, mais elle savait que quelque chose avait changé. Ses perceptions étaient déformées, comme si la réalité elle-même était poreuse, fragile.

Elle se leva pour prendre un café, mais dès qu'elle entra

dans la cuisine, elle s'arrêta. Il y avait quelque chose d'étrange dans l'air. L'atmosphère était chargée d'une tension qu'elle ne comprenait pas. Puis elle vit les feuilles du journal intime de Marguerite s'agiter seules, comme si un souffle les parcourait.

Une fois encore, un nom soufflé par le vent : "Sonia, regarde."

Elle s'approcha du bureau, haletante, et ouvrit le carnet au hasard. La page qu'elle tourna était pleine de dessins, de croquis précautionneusement faits. Et là, en bas à gauche, un petit dessin qu'elle reconnut immédiatement. Une silhouette familière. Elle n'était pas seule. Derrière elle, un ombre se tenait. Un homme, avec des yeux noirs et une expression qui semblait à la fois bienveillante et terrifiante.

Un frisson la parcourut. C'était la silhouette de l'homme qu'elle avait vu dans ses rêves, juste avant que Marguerite ne lui tende la main. Mais qui était-il ?

Chapitre 8 : L'Homme aux yeux noirs

Sonia passa la matinée à observer ce dessin dans le carnet, incapable de s'en détacher. Les traits de l'homme étaient vagues, comme estompés par le temps... et pourtant, familiers. Ce visage, elle en rêvait depuis des mois, parfois même des années. Parfois, il la regardait avec tendresse. D'autres fois, avec une intensité si froide qu'elle se réveillait en sueur.

Elle se souvenait à présent de fragments. De murmures dans une langue oubliée. De mains qui se frôlaient sous des draps anciens. De serments échangés au bord d'un lac noir, le même que dans le rêve.

"Tu m'as promis de ne jamais m'oublier."

Et si cet homme… avait été à la fois son amant et sa perte ?

Mais ce jour-là, une certitude se forma en elle : il était réel. Ou du moins, il l'avait été. Et peut-être était-il encore là, quelque part, entre les mondes. Jack, lui, grognait chaque fois qu'elle approchait du carnet. Comme s'il percevait un danger invisible. Un avertissement.

Plus tard, ce soir-là...

Sonia s'endormit tôt, le carnet serré contre elle. Cette nuit-là, elle se retrouva dans un rêve bien plus vivant que les précédents. Elle était dans une vaste pièce circulaire, entourée de miroirs sans reflets. Au centre, un homme se tenait debout, vêtu de noir. Il tourna lentement la tête vers elle.

— Tu es revenue.

Sa voix résonnait comme un écho ancien, doux et terrible à la fois. Sonia sentit son cœur battre trop fort, sa gorge sèche.

— Qui es-tu ? demanda-t-elle.

— Tu sais qui je suis. Tu le savais, autrefois. Mais tu as

fui. Tu m'as effacé. Comme elle.

— Elle... Marguerite ?

Il sourit, tristement.
— Marguerite m'a trahi. Et toi, Sonia... tu es son reflet. Mais tu peux réparer ce qu'elle a brisé.

Il tendit la main vers elle.
— Tu veux comprendre ? Viens. Mais souviens-toi : chaque vérité a son prix.

Sonia voulut s'approcher, mais une silhouette surgit soudain entre eux.

Marguerite.

Elle était plus jeune, plus vivante que jamais. Son regard était implorant, presque suppliant.

— N'écoute pas. Il te mènera là où moi je ne peux te protéger. Il veut te faire croire qu'il est la réponse. Mais il est l'oubli.

Le sol vibra. Les miroirs se fissurèrent. Sonia hurla. Tout s'effondra.

Elle se réveilla en hurlant.

Et sur sa table de nuit... une fleur fanée qu'elle n'avait jamais vue. Une asphodèle. La fleur des morts.

Chapitre 9 : Ce que Marguerite a fait

Sonia n'osa pas toucher la fleur. L'asphodèle. Elle en avait lu le nom dans le journal la veille. "Fleur de la séparation, du deuil, mais aussi du passage." C'était Marguerite qui l'écrivait. Ou était-ce elle-même ? Parfois, les voix se confondaient.

La journée passa sans qu'elle ne puisse se concentrer. À chaque reflet, elle croyait voir Marguerite derrière elle. À chaque ombre, sentir la présence de l'homme. Il n'avait pas de nom. Mais une émotion entêtante revenait à chaque fois qu'elle y pensait : culpabilité.

Ce soir-là, elle relut encore le journal. Mais cette fois, une page qu'elle ne se souvenait pas avoir vue. Une phrase encerclée trois fois, écrite d'une main tremblante :
"Il m'a aimé. Je l'ai trahi. Et maintenant, je me cache même dans la mort."

Sonia sentit quelque chose craquer en elle. Le vertige. Elle ferma les yeux… et le souvenir revint. Pas un rêve. Un souvenir.

Une salle obscure, éclairée par des bougies. Le parfum de la cire chaude. Des robes longues. Des mots anciens. Elle — ou Marguerite — récitait une incantation, le cœur battant, face à un cercle tracé à la craie. L'homme était là, à genoux, suppliant.

— Ne fais pas ça, Marguerite. Tu ne sais pas ce que tu libères.

— Je ne veux pas mourir. Je refuse. Je peux revenir. Je reviendrai.

Il tendait la main vers elle. Elle recula.

— Tu m'avais promis de ne jamais me quitter...

— Et tu m'avais promis l'éternité, lui avait-elle répondu. Tu m'as menti.

Un éclair, une déflagration. Il avait crié. Puis le noir.

Sonia se réveilla dans son salon, sans souvenir de s'y

être assoupie. Jack dormait à ses pieds. Mais un mot avait été griffonné sur le carnet, dans une encre encore fraîche :
"Tu m'as tué pour survivre."

Elle sentit ses jambes fléchir. Une vérité insoutenable. Ce n'était pas seulement une histoire d'amour brisée. C'était un crime. Une trahison. Marguerite avait condamné cet homme pour sauver sa peau. Et Sonia… avait hérité de cette dette.

Mais ce que Sonia ignorait encore… c'est pourquoi elle

avait recommencé à se souvenir maintenant. Et surtout... pourquoi elle se sentait toujours observée.

Chapitre 10 : Le Pacte brisé

Sonia ne dormit pas cette nuit-là. La vérité qu'elle avait entrevue ne la quittait plus. Elle portait en elle les souvenirs d'une femme morte depuis longtemps… mais aussi son crime. L'homme, l'amour, le rituel… tout se précisait. Marguerite avait fait un pacte. Et Sonia, d'une manière qu'elle ignorait encore, en subissait les conséquences.

Jack n'aboyait plus. Il restait silencieux, mais il ne quittait plus jamais la pièce sans elle.

Comme s'il savait. Comme s'il la gardait.

Le lendemain, elle se rendit dans le village. L'air lui paraissait plus dense. Le regard des habitants, plus lourd. Une vieille femme à la sortie de l'épicerie lui saisit le bras et chuchota :

— Vous êtes revenue. Mais cette fois, il ne vous laissera pas partir.

Sonia pâlit.

— Qui ?

La femme se contenta de sourire tristement, puis repartit. Mais Sonia comprit. Elle avait été là, autrefois. Marguerite, ou elle, ou les deux.

De retour à la maison, elle ouvrit le grenier et retourna sous la planche. Mais cette fois, quelque chose l'attendait dans le compartiment : un bijou. Un médaillon en forme de clef, gravé de symboles anciens.

Lorsqu'elle le toucha, la pièce se mit à vibrer légèrement. Et une voix, douce, féminine, surgit dans sa tête.

"Tu n'es pas Marguerite. Mais tu es moi tout de même. Si tu veux réparer, il faudra retourner là où tout a commencé."

Une vision s'imposa à elle : un lac noir, figé dans le temps. Des pierres dressées, moussues, autour. Une forêt. Un cercle ancien. Le lieu du rituel.

Et dans la vision… l'homme aux yeux noirs, encore vivant. Prisonnier.

Chapitre 11 : La part sombre

Mais Sonia le sentait : quelque chose en elle résistait. Une force obscure, sourde, presque douce, la retenait. Elle rêvait à nouveau chaque nuit. Et dans ses rêves, elle n'était plus elle-même.

Elle se voyait dans une robe ancienne, commandant les éléments, ricanant dans l'ombre, usant de promesses d'éternité. Elle jouait avec l'amour comme avec le feu. Et l'homme… tombait à ses pieds.

Mais ce qui la terrifiait le plus, ce n'était pas ce qu'elle faisait dans ces visions. C'était ce qu'elle ressentait. Un plaisir amer. Une puissance. Une fierté. Comme si une part d'elle avait aimé ce qu'elle était devenue.

Le matin, elle se réveillait honteuse. Mais cette ombre, ce plaisir interdit, persistait.

Alors Sonia décida de faire ce qu'elle ne faisait jamais.

Elle alluma une bougie. S'installa en face du miroir. Et murmura :

— Marguerite. Si tu es encore là... montre-moi ce que j'ai oublié.

Et lentement... le miroir s'assombrit. Une silhouette se dessina. Marguerite. Plus nette que jamais. Mais cette fois, elle ne souriait pas. Elle pleurait.

— Ce que j'ai fait... tu ne pourras pas le défaire sans en payer le prix.

— Quel prix ? demanda Sonia, la gorge nouée.

Marguerite tendit la main à travers le miroir.
— Toi.

Chapitre 12 : La clef et le chemin

Sonia refusa de donner sa main à Marguerite dans le miroir.

— Si je dois payer, ce sera en mes termes, dit-elle, la voix tremblante mais ferme.

Marguerite s'effaça doucement, comme avalée par le reflet lui-même, mais une dernière phrase résonna, comme un écho dans les murs :

"Souviens-toi que réparer, c'est ouvrir. Et ouvrir, c'est risquer."

Elle se leva, attrapa la clef-médaillon, mit son carnet dans son sac et glissa la vieille carte du village qu'elle avait retrouvée entre les pages du journal. Sur cette carte, un endroit était encerclé au crayon rouge : Le Bois de l'Éclipse. Juste au nord du village. Le lieu du rituel.

Jack la suivit sans hésiter.

La forêt l'accueillit avec un silence étrange. Aucun chant d'oiseau. Aucune brise. Comme si l'endroit retenait son souffle. Sonia suivit le sentier à moitié effacé. Le médaillon vibrait dans sa paume. Il la guidait.

Après deux heures de marche, elle arriva au bord du lac noir. Exactement comme dans ses visions : l'eau d'un calme glaçant, les pierres dressées en cercle, recouvertes de lichen et de runes.

Elle s'approcha du centre du cercle, où une dalle brisée gisait à moitié enfouie dans la terre. En dessous... un petit autel. Et dans cet autel, une serrure. La clef s'y inséra parfaitement.

Une lumière sourde s'échappa. Le vent se leva.

Soudain, un cri. Grave. Lointain. Humain.

Sonia recula d'un pas. Jack aboya. Et du cœur du lac... une silhouette émergea lentement de l'eau, droite, vêtue de noir.

L'homme.

Mais il n'était pas comme dans les souvenirs. Son visage était plus marqué. Ses yeux plus tristes. Et autour de lui, l'eau semblait fuir, comme soumise.

— Tu es revenue, dit-il. Mais es-tu toi... ou est-elle encore en toi ?

Sonia ne répondit pas tout de suite. Une douleur sourde lui traversa le ventre. Comme si quelque chose en elle se déchirait.

Marguerite. Elle se réveillait à l'intérieur. Une voix glacée résonna dans son esprit :
"Tu m'as réveillée. Et maintenant, je ne retournerai pas dormir."

Chapitre 13 : Lutte intérieure

Sonia tomba à genoux. Le sol tournait. Son souffle se faisait court. Elle entendait deux voix dans sa tête.

La sienne.

Et celle de Marguerite.

— Il ne t'aimait pas. Il t'a utilisée. Il voulait ton pouvoir, chuchotait Marguerite.

— Tu l'as tué, répondit Sonia, les mains sur les tempes. Tu as sacrifié un homme par orgueil.

— Il m'a trahie en premier ! Il m'a enfermée dans un corps qui s'effondrait. Je voulais juste… vivre.

Dans le cercle, l'homme avançait lentement. Mais il ne faisait rien pour la forcer. Il s'agenouilla à son tour.

— Sonia, murmura-t-il. Tu n'es pas elle. Mais si tu la combats seule, elle gagnera. Il faut que tu fasses un choix. Soit tu la repousses… soit tu l'intègres.

— Je ne veux pas devenir elle !

— Alors fais en sorte qu'elle devienne toi.

Sonia ferma les yeux.

Elle sentit Marguerite hurler en elle, comme une bête qu'on voulait faire taire. Mais elle ne chercha plus à l'éteindre. Elle tendit la main, à l'intérieur de sa propre mémoire, de son âme.
Et elle prononça ces mots, lentement :

— Marguerite. Tu ne m'as pas choisie. Mais je t'ai retrouvée. Et moi, je choisis de te comprendre. Pas de t'absorber. Pas de t'effacer. Juste… de te voir.

Un silence s'installa.

Puis une chaleur. Étrange. Apaisante.

Et Marguerite pleura.

Sonia ouvrit les yeux. Elle était debout. L'homme aussi. Et dans sa main… une autre clef. Plus ancienne. Plus fine. Il la lui tendit.

— Ce que tu viens de faire, très peu en sont capables. Tu as choisi la voie la plus difficile : celle de la réconciliation.

— C'est terminé ? demanda-t-elle.

Il secoua lentement la tête.

— Non. Tu viens seulement de rouvrir la porte. Le reste… ne dépend plus de moi.

Chapitre 14 : Le retour

Sonia quitta le cercle de pierres sans se retourner.

L'homme avait disparu dans la brume du matin. Comme s'il n'avait jamais été qu'une image, un souvenir figé par l'eau. Pourtant, dans sa main, elle serrait la clef ancienne. Elle ne savait pas ce qu'elle ouvrait. Peut-être rien. Peut-être juste elle-même.

Jack trottait à ses côtés, silencieux mais apaisé. Il ne grognait plus. Il semblait comprendre que quelque chose avait changé. Sonia aussi.

Elle avait vu l'ombre. Elle l'avait reconnue. Et surtout, elle ne la portait plus seule.

Chapitre 15 : L'ouverture

Les jours passèrent. Sonia ne chercha plus à fuir la mort. Elle ne l'invoquait plus dans ses cauchemars, ne la redoutait plus dans le silence. Elle l'acceptait comme on accepte une sœur longtemps haïe. Une présence discrète mais constante. Une fin inévitable, donc inutile à combattre.

Elle continua à écrire. Son carnet ne parlait plus de peurs. Il parlait de liens. De choix. D'héritage. Elle décida de ne pas chercher à savoir si elle était la réincarnation de Marguerite, ou une simple passagère de ses mémoires. Ce n'était plus important. Ce qui comptait, c'était ce qu'elle en ferait.

Elle retourna un jour au village. La vieille femme lui adressa un signe de tête. Rien de plus. Comme si un chapitre venait de se clore.

Et dans la vieille maison, elle rangea enfin le carnet, la clef et le médaillon dans une boîte, qu'elle enterra sous l'arbre derrière la grange.

— Ça restera là, murmura-t-elle. Ni oublié. Ni entretenu. Juste... à sa place.

Épilogue :

Le printemps arriva. Sonia reprit les balades avec Jack. Elle s'inscrivit à un atelier d'écriture. Elle souriait plus. Respirait mieux.

La peur de mourir était toujours là, tapie quelque part. Mais elle n'avait plus ce pouvoir écrasant. Elle avait été nommée, traversée, apprivoisée.

Et parfois, le soir, Sonia regardait le miroir. Marguerite n'y apparaissait plus. Mais elle savait qu'au fond, une part d'elle veillait. Non plus comme une menace, mais comme un témoin.

Et dans ce silence réconcilié, Sonia vivait. Vraiment.